# Aydin

Jordi Sierra i Fabra

# Aydin

edebé

Obra ganadora del Premio Edebé de Literatura Infantil (II edición), según el fallo del Jurado compuesto por: María Arumí, Aurora Díaz Plaja, Victoria Fernández, Orlando González y Gabriel Janer Manila.

© Jordi Sierra i Fabra, 1994

© Ed. Cast.: Edebé, 2005
Paseo de San Juan Bosco, 62
08017 Barcelona
www.edebe.com

Atención al cliente: 902 44 44 41
contacta@edebe.net

*Directora de Publicaciones:* Reina Duarte
*Diseño de la colección:* César Farrés
*Ilustraciones:* Teo Puebla

26.ª edición

ISBN: 978-84-236-7716-0
Depósito legal: B. 23992-2011
Impreso en España
Printed in Spain
EGS - Rosario, 2 - Barcelona

*Para ti, Aydin,
estés donde estés.*

# Índice

## "Aydin"

### LA BALLENA DE LA DISCORDIA

Los pescadores que la encontraron le pusieron de nombre "Aydin", que en turco significa "Claridad". La ballena beluga macho de 500 kilos, que escapó el pasado mes de febrero de un laboratorio ucraniano del mar Negro, buscó refugio en el puerto turco de Gerze, donde fue alimentada por los pescadores locales. Aydin había sido utilizada para experimentos desconocidos en ese laboratorio y pudo escapar a causa de una tormenta que rompió las redes que la encerraban. Pronto pasó a las primeras páginas de los periódicos porque se la disputaban tres países: Ucrania, Turquía y el Reino Unido, donde varios grupos conservacionistas decidieron hacer algo para protegerla. Estos últimos pretendían que Aydin fuera puesta en libertad en el mar de Siberia, a más de 3.000 kilómetros de Gerze, donde las aguas están menos contaminadas, y con ese fin recaudaron en pocos días cerca de medio millón de pesetas, que sirvieron de momento para que a Aydin no le faltase pescado para comer. Los pescadores turcos que la han adoptado dicen que Aydin ha utilizado su libertad de elección y prefiere quedarse en Gerze. Los trámites legales están en curso y mientras tanto el destino de la ballena blanca, acostumbrada al trato humano, sigue siendo incierto.

El País, abril 1992

# Capítulo uno

Y de pronto...
A través del agua, vio la grisácea oscuridad dominando el cielo gradualmente, igual que una noche prematura. Ésa fue la razón de que dejara de dar vueltas por su habitáculo, una vez terminados los experimentos y las pruebas del día, y sacara su gran cabeza por encima de la superficie.

Se avecinaba una tormenta.

La ballena se sintió feliz. Le gustaban las tormentas. De haber podido, habría gritado. De haber podido, habría sonreído. Se limitó a hacer un ruido característico, parecido a un leve roce de huesecillos, música en el agua, y se sumergió de nuevo, reiniciando su paseo, las vueltas constantes al entorno del pequeño espacio donde los humanos la mantenían encerrada.

En las tormentas, llovía, caía agua sobre el mundo, y los grandes seres del cielo que flotaban sobre su cabeza retumbaban poderosamente, estremeciendo la tierra y el mar. A veces, incluso, la tormenta, y cuanto ella traía consigo, se mantenía por espacio de varias jornadas, y en ese tiempo no la hacían trabajar, no experimentaban con su cuerpo y sus reacciones; ningún humano se sumergía a su lado llevando absurdos aparatos. La dejaban sola.

Aunque ni siquiera sabía si eso era mejor.

No conocía otra cosa. Los humanos la alimentaban, la cuidaban, jugaban con ella. Creía ver algo remotamente parecido al afecto en eso.

Se acercó a la red que la separaba del mar abierto y a través de la cual le llegaban los sonidos casi desconocidos de otro mundo, sonidos de algo que, en su interior, despertaban todos sus estímulos. Solía pasar gran parte de su tiempo libre allí, viendo los peces que no podía atrapar, admirando la belleza que no podía hacer suya, envidiando los secretos caminos que no recorrería tal vez jamás, y siempre, siempre, escuchando aquellas voces y sonidos. Percibía el tormento de su joven instinto ante su reclamo poderoso.

La ballena no conocía el tiempo, pero lo sentía en su inquietud.

Aquella red la separaba de todo, hasta de sí misma, porque una parte de ella estaba ya al otro lado.

Un relámpago iluminó el aire, más allá de la línea de la superficie, y volvió a sacar la cabeza a ras del agua para ver y oír. El cielo ya era negro, aun siendo de día. Las nubes se atropellaban, chocaban unas con otras, luchaban desencadenando progresivamente la tempestad. Un nuevo rayo, y otro más. Su retumbar fue estruendoso. Un gélido viento zigzagueó agitando el agua, levantando olas y coronándolas de espuma, haciendo que el mar participase de la gran fiesta de la naturaleza.

La ballena se sumergió. Llegó hasta el lecho pedregoso de la cala y, una vez en él, proyectó hacia arriba todo el peso de su cuerpo a la mayor velocidad que le permitían sus aletas. Cuando alcanzó la superficie, saltó por encima del agua, feliz, jugando con las olas que rompió tanto al emerger como al volver a caer, a la vez que abría una gran herida de espuma a su alrededor. Cada vez que hacía eso, miraba, aun sin pretenderlo, más allá de la red que unía los dos cabos de tierra cerrando la laguna. Y cada vez, también, su instinto le decía que allí estaba la vida, la verdadera vida, su lugar.

La tempestad estalló en su pleno apogeo.

Jamás había visto ninguna tormenta parecida en sus jóvenes años. Nunca la naturaleza fue más pródiga. Nubes, rayos, truenos, viento, olas... y ella que bajaba y subía, saltaba y volvía a hundirse en el agua, sacaba la cabeza y contemplaba, casi con éxtasis, aquella fuerza increíble, desatada con la libertad de la vida. Las mismas corrientes marinas, detenidas al otro lado de la red, en la estrechez de la garganta de agua encajonada por la tierra, llegaban ahora hasta ella, recorriendo el fondo, agitando el entorno con una furia invencible. La red se movía batida por esa fuerza que nada habría sido capaz de contener.

Más rayos, más truenos. A su derecha empezaron a caer piedras y tuvo que apartarse para no ser alcanzada por ellas. Sacó la cabeza de nuevo y vio cómo el promontorio se desgajaba, se rompía sacudido por una mano invisible. Una roca de gran tamaño rodó por la leve pendiente. La ballena presintió el peligro.

Nadó hacia el otro lado, se preparó. Cuando la roca entrase en el agua, todo se agitaría. No había peligro, pero en su espacio natural ya nada sería lo mismo. Aquella enorme piedra cambiaría su casa, daría nueva forma al ámbito en el cual nadaba y se movía. Una luz cegadora incluso en la profundidad, seguida por el mayor trueno que hubiera escuchado jamás, precedió al formidable impacto de la roca sobre la superficie del agua.

La vio entrar, chocar contra un saliente, partirse en dos y caer: un pedazo hacia el fondo de su hábitat, otro sobre la red.

No prestó atención al segundo, sólo al primero. Cuando éste tocó fondo, nadó hacia él, no sin antes asegurarse de que la lluvia de piedras hubiese cesado. Se sentía molesta. Era una roca enorme a pesar de haberse roto una parte. Una vez comprobada su inevitable presencia, miró hacia la segunda. Creía que había caído del otro lado de la red, más allá de su reducido horizonte.

Entonces lo vio.

La red rota, arrancada por la piedra, apartada de su habitual lugar y dejando abierto un hueco de unos cinco metros, suficientes para... un tamaño como el suyo, no excesivamente grande.

La ballena se aproximó. Nunca había nadado más despacio. Su razón luchaba contra su instinto, pero una y otro convergieron en el mismo punto frente a sí misma: la puerta de su nuevo horizonte.

La puerta de su libertad.

La ballena no conocía las palabras, ni los sentimientos. Su instinto sí, porque era una suma de prodigios reunidos por la mano maravillosa de la evolución a lo largo de la historia, esa mota de polvo insignificante suspendida del tiempo, del Gran Tiempo Cósmico. Y su instinto le habló de su alegría, le cantó la música de la felicidad, le marcó su nuevo camino.

Se escuchó aquel ruidito característico, la voz de quien no necesita voz.

La ballena atravesó la red, y al tiempo que un nuevo rayo y un fuerte trueno hacían estremecer el cielo, la tierra y el agua, ella nadó por primera vez en línea recta, sin nada que la detuviera.

El infinito era suyo.

# Capítulo dos

Godar dejó afianzada la caña de pescar en uno de los ganchos de la amurada y acto seguido se tendió en el fondo de la barca, con los ojos fijos y quietos en las nubes, igual que cuando era niño y jugaba con sus formas, imaginando cosas a través de sus cambiantes contornos.

El silencio no tardó en llenarle de plácidas quietudes.

De noche, y al amanecer, cuando los hombres del pueblo pescaban juntos, utilizaban las redes y las técnicas ancestrales por las cuales siempre se habían regido.

De noche, y al amanecer, trabajaban, se procuraban el sustento, la comida para vivir o para vender a otras mesas.

De noche, y al amanecer, eran un solo cuerpo multiforme actuando con la fuerza de la unión. Ahora, sin embargo, no había nadie más que él y su mar, él y su caña de pescar, él y su pequeño espacio de tiempo y vida.

De noche, y al amanecer, los peces caían a cientos y miles en las redes. Y era hermoso verlos salir fuera del agua, admirar sus formas plateadas, contemplar su inútil lucha, la belleza de sus clases y la diversidad de sus tamaños. Pero nada, nada podía compararse a la auténtica belleza de la pesca individual, la tradición, solos el ser humano y el mar, la caña y el pez, cuando cada presa era una victoria, y cada captura, un orgullo rebosante de satisfacción. Desde la primera vez que, siendo niño, había cobrado su primer pez, el sentimiento se perpetuaba, inalterable.

Y en el silencio de aquel mar en calma, Godar se sentía seguro, libre, feliz.

¿Mar en calma?

Se enderezó al notar el vaivén de la barca y se apoyó en la proa, expectante. Creyó que había sido una ilusión, pues el mar seguía en calma, pero se dio cuenta de que la barca todavía oscilaba de uno a otro lado, y no precisamente por la precipitación de su gesto.

Era extraño. Ningún viento recorría la superficie del agua, ninguna corriente producía movimiento en la ensenada, aunque estuviese en la parte más alejada del puerto, próxima a su desembocadura en el mar Negro. Al abrigo del exterior no existían peligros ni zozobras. Ya era un hombre, pero no le dejaban adentrarse en solitario más allá de la bocana. Su madre aún recordaba a su padre, aunque aquello hubiese sido un accidente, un lamentable accidente producto de la casualidad.

Miró en dirección a Gerze y siguió la suave línea de la costa, con las casas, la mezquita y el minarete presidiendo el aspecto de postal ingrávida que desde allí y en silencio le producía su contemplación. Iba a volver a tumbarse en el fondo de la barca cuando de nuevo percibió el movimiento, ahora más acusado.

Godar buscó algo, a su alrededor, en el agua.

Nada, salvo...

Tuvo un estremecimiento. ¿Era una ilusión? Juraría haber visto una silueta imprecisa pasando fugazmente por estribor, a unos diez metros de la barca, dejando una estela invisible bajo la superficie. O no tan invisible.

Una estela blanca.

El pez más grande pescado allí, en el mismo puerto de Gerze, había medido un metro, y más allá de la bocana otros superaron los dos, quizá tres metros. Pero aquella silueta le había parecido enorme, y tan rápida como...

Recogió el sedal, despacio, sin apartar sus ojos del agua, a proa y popa, babor y estri-

bor. El siseo del carrete fue el único ruido perceptible. Las aguas volvían a estar quietas, la barca inmóvil.

Fueron apenas diez segundos, no más.

La cabeza alargada de la pequeña ballena emergió del agua frente a él, a unos tres metros, tan súbitamente que la sorpresa le paralizó. Sus ojos se encontraron con los del animal. Sus oídos escucharon aquel sonido parecido al suave cacareo de un pájaro bobo.

Otro segundo, largo y silencioso.

La ballena abrió la boca. Fue como si sonriera. Movió las aletas laterales, ganó altura, casi dispuesta a volar fuera de su medio ambiente, y luego, dando un salto, volvió a sumergirse.

Esta vez Godar vio su silueta, sus cinco metros o más de envergadura, su esbelta línea blanca surcando el agua a su alrededor.

Ya no esperó más, arrojó la caña de pescar a un lado y se sentó a los remos, de espaldas a Gerze. No había dado más que tres golpes con ellos cuando el animal emergió por segunda vez, repitiendo su gesto, su curiosa sonrisa, sus sonidos y su aleteo antes de sumergirse de nuevo. Godar remó con más fuerza, pero no la suficiente para alejarse de allí, dejar atrás al cetáceo o ganar la costa de manera inmediata. La tercera subida de la ballena fue aún más espectacular.

Saltó por encima de la superficie marina, dio una vuelta en el aire y cayó al agua, con lo cual se levantó una gran ola que empujó la barca sobre su cresta.

Godar abrió hasta el límite sus grandes ojos oscuros.

Y continuó remando sin parar, poniendo a prueba la fuerza de sus jóvenes y vigorosos brazos, mientras la ballena le seguía hasta alcanzar casi la playa, tierra firme.

# Capítulo tres

Sus gritos rompieron la calma de la tarde.
—¡Abuelo, abuelo! ¡Es enorme! ¡Eh,
venid todos! ¡Aquí, venid! ¡Abuelo...!

Primero apareció Diyan, después Coruk,
y en tercer lugar Badur, su abuelo. Inmediatamente después, el resto de sus vecinos,
Ezrum, Isia, Ikhstar, Eskeshir, Ordez..., hombres, mujeres, niños, niñas, ancianos, ancia-
nas. Las casas del puerto pescador de Gerze se abrieron, y sus puertas vomitaron seres
con rostros tintados de expectación. Rara-
mente sucedía algo allí, así que entre el miedo de unos y la ansiedad de otros, rodea-
ron a Godar, que no cesaba de hablar y
gritar, gesticular y señalar hacia el mar, más
allá de la barca varada de cualquier forma

en la arena. En sus rostros acabó titilando una suerte de emociones diversas.

—¡Allí, allí! ¡Y es enorme! ¡Es el pez más grande que jamás haya visto! ¡Vamos, todos! ¡Juntos podremos cogerlo!

—Godar —su abuelo intentó tranquilizarle—, ¿de qué estás hablando? En estas aguas no hay...

Su nieto no le hizo caso, impulsado por su vehemencia.

—¡Es suficiente para alimentarnos a todos un mes! ¡Suficiente para vender y comprar redes nuevas! ¡Suficiente!

Miraban las apacibles aguas del puerto besando la arena igual que desde el comienzo de los tiempos. Buscaban el motivo de aquella excitación sin encontrar nada. Y volvían a mirar a Godar, entre divertidos y preocupados. El muchacho seguía apuntando en dirección al agua, esperando ver aparecer de un momento a otro la cabeza de aquel extraordinario espécimen.

Pero nada sucedió.

—¡Oh, vamos, vamos, está ahí! ¡Debéis creerme! ¡Es más largo que mi barca, y tan grande como una casa! ¡Debemos ir a la bocana, impedirle que vuelva al mar abierto, atraparlo!

—¿Estás seguro de lo que dices, Godar?

—Abuelo, ¿he mentido alguna vez?

—¿Qué clase de pez es? —preguntó Isia.

—Un tiburón, un delfín, un ballenato... ¡No lo sé! ¡Ha sido todo demasiado rápido! Pero os juro que jamás hemos visto nada parecido en estas aguas.

—¡Te has quedado dormido al sol, Godar! —sonrió Eskeshir.

—¡No! Y si no vais a salir ahora mismo, lo capturaré yo solo.

Mostró su enfado haciendo un gesto de determinación, dando media vuelta para regresar a su barca. Antes cogió los aperos y la red de la barca del abuelo, la gran barca de la familia. Apenas si podía con todo, pero su enfado era superior a cualquier otra razón.

—¡Espera, Godar!

Y de pronto sonó una voz:

—¡Allí!

Sus rostros apuntaron al mar, vieron el batir del agua, el sesgo en la calma, el oleaje recién nacido esparciéndose concéntricamente desde un punto situado en mitad de su horizonte. Nada más.

Pero cuando buscaron al autor del grito, en su faz descubrieron la sorpresa y en sus ojos una tensa emoción.

—¡Vamos! —dijo Diyan en primer lugar.

—¡A las barcas! —elevó su puño al aire Ezrum.

Echaron a correr en dirección a ellas, olvidaron las prevenciones y saltaron al agua. Unos tiraban de las cuerdas mientras otros empujaban las quillas hundidas en la arena. En aquel pandemónium de voces y gritos, le ganaron su espacio al mar y, una a una, iniciaron su camino sobre el agua, llenando el pequeño puerto pescador de vida en la tarde.

Y al frente, en su barca, iba Godar, remando de nuevo embravecido, dispuesto a ser el primero en localizar por segunda vez a su presa, dispuesto a pasar a la historia como el más grande pescador de Gerze, digno hijo de su padre.

La vida siempre era capaz de sonreír de forma inesperada.

# Capítulo cuatro

No necesitaban un jefe, ni instrucciones. Cada cual sabía muy bien qué hacer, qué posición tomar, qué puesto ocupar en el cerco de caza, aunque aquélla se tratase sin duda de la más extraordinaria de todas.

Mientras remaban, los ojos seguían buscando una señal en el agua, un indicio. Ya no tenían dudas. Su instinto les decía que, fuese lo que fuese, allí había algo.

Y cuanto viniese del mar, o viviese en él, servía para comer o negociar, para ser capturado.

—¡Godar, ten cuidado!

Era la voz del abuelo, rezagado, compartiendo la gran barca con sus primos Taksir y Balikesh. Godar comprendía su miedo. Los dos habían visto morir al hombre que faltaba entre ambos. Los dos habían recogido su cuerpo sin vida del mar tras aquel estúpido accidente. El muchacho se había enfrentado por vez primera a la muerte, cara a cara, y no le gustó lo que vio en ella.

—¡Quizá no se encuentre solo, tened cuidado! —dijo Isia.

No se les había ocurrido pensarlo. Bastante insólito era tener allí a un animal tan grande como para pensar en una manada. Los ojos de los pescadores atravesaron una vez más el agua en todas las direcciones.

—¿Dónde estás? —susurró Godar.

Las barcas empezaron a cerrar el círculo, y Godar dejó de remar. Le correspondía el centro, el lugar de privilegio. En la playa corrían las mujeres y los niños para alcanzar la bocana y ver desde allí lo que sucedía. A medida que el gran círculo fue cerrándose, la enorme red inició su despliegue, primero pasando de mano en mano, de barca en barca, después a punto de ser echada al agua.

Entonces, en un punto equidistante entre Godar y los pescadores, el animal dio uno de sus saltos por encima del agua, limpio, espectacular, lleno de hermosa viveza, y cayó de cabeza perforando la superficie líquida, para desaparecer a la misma velocidad con la que había aparecido.

Los pescadores se quedaron abrumados, con el ánimo sobrecogido.

—¡Os lo dije! —gritó Godar—. ¿No es increíble?

—¿Qué clase de pez es ése? —preguntó Feyen.

—Es una ballena —dijo el abuelo Badur elevando su gastada voz por encima de las cabezas y las barcas—. Una ballena beluga.

Godar sintió admiración. El abuelo sabía más que nadie. Bastaba con asomarse a su mirada para ver en el fondo de sus ojos la historia de su vida, la densa suma de acontecimientos que la habían marcado a lo largo de sus muchos años. Algún día, quizá él también supiese tanto.

¿Una ballena? De acuerdo, ¿qué más daba?

Aunque creía que las ballenas eran mucho más grandes; medían de quince a veinte metros y pesaban varias toneladas.

—¡Aquí!

Había vuelto a la superficie, pero no para saltar, sino para nadar casi a ras de agua. Su silueta blanca era visible desde el amplio círculo formado por las barcas. Se movía veloz, igual que un rayo submarino. Sin embargo, lo hacía en torno a la barca de Godar, no pretendía huir.

Las redes fueron echadas.

Y de pronto, el insólito animal hizo algo que Godar ya había visto la primera ocasión.

Sacó la cabeza del agua y le miró.

Fue como si esperara algo, pero lo más

asombroso seguía siendo aquel ruido, el brillo de sus ojos y la curiosa sonrisa formada por su gran boca.

—¡Godar, es tuya!

—¡Ahora, muchacho!

Tomó el bichero que había cogido de la barca de su abuelo y lo sujetó con mano firme, sin dejar de mirar a la ballena fijamente, tanto como ella le miraba a él. Estaba como hechizado mientras el animal se sostenía en el agua con grácil tranquilidad. El sol de la tarde arrancó un destello brillante del extremo metálico del bichero, aquel que debía tintarse en sangre cuando lo hundiera en la carne de su enemigo.

—¡Vamos!

—¡Hazlo ya!

—¡Ahora, es tuya!

El abuelo levantó una mano, y bastó ese gesto para que se hiciera el silencio, barca a barca, lo mismo que un efecto dominó. Todos estaban pendientes de Godar.

Pero Godar lo estaba de aquella mirada, aquel sonido y aquella... sonrisa.

Inmóvil.

No pudo reaccionar, le fue imposible. Antes de lograrlo, la ballena se sumergió, desapareció unos segundos, un minuto tal vez. Un minuto de silencio y renovada tensión, hasta que súbitamente...

Esta vez el salto fue extraordinario, increíble; pasó por encima de la barca de Godar. Y fue el movimiento de éste, brusco, asustado, tanto como el impacto al otro lado y la ola que se levantó, lo que la hizo volcar.

El muchacho cayó al agua.

Tuvo miedo. Nunca había estado frente a un animal tan grande y poderoso, desguarnecido, así que se asustó. Nadó hacia arriba y sacó la cabeza fuera del agua para respirar. Escuchó los gritos y las voces de los pescadores, la alarma, así como los chillidos más distantes de las mujeres en tierra. Vio la barca boca abajo a unos metros y trató de

alcanzarla. Sintió algo rozándole las piernas.

El miedo se convirtió en pánico, pero sólo un instante más.

La cabeza de la ballena apareció ante él, giró sobre sí misma una vez, aleteó el agua, le dirigió un largo y vibrante sonido, y luego se acercó hasta tocarle.

Godar hubiera jurado que era una caricia..., o que la buscaba.

La primera barca remaba ya muy cerca seguida por otras. Vio los rostros de los hombres, sus manos aferradas a palos y remos, arpones y bicheros.

En unos segundos los arrojarían sobre el animal.

Godar levantó una mano, tocó la ballena, y ésta volvió a hablarle.

Le acarició la cabeza.

Casi fue mágico. El contacto más hermoso jamás imaginado. Una suave energía llena de paz envolvió su excitado ánimo.

—¡Esperad, esperad! —gritó.

Los hombres se quedaron muy quietos, todos, mientras la voz del muchacho los sorprendía tanto como lo que veían.

Godar se abrazó a la ballena.

Y en medio de una tensión que desaparecía tan rápidamente como el humo azotado por el viento, el animal empezó a jugar con él.

# Capítulo cinco

Cuando detuvo el coche, en la plaza, frente a la mezquita, no paró el motor. Lo único que hizo fue sacar la cabeza por la ventanilla y chasquear los dedos en dirección al grupo de hombres que conversaban animadamente en la esquina, sorbiendo té caliente de sus vasos de cristal.

—¡Eh, por favor!

Miraron hacia él, examinaron su coche desde la corta distancia, calibraron su procedencia. ¿Estambul o Ankara? Desde su posición no podían ver la matrícula. Pero desde luego el hombre, unos treinta años, cabello negro y cuidado, sonrisa desafiante y ropa presumiblemente cara, era de ciudad.

Sólo a uno de capital se le ocurriría chasquear los dedos y llamar diciendo un simple «¡Eh!».

—¿Sí?

—Estoy buscando noticias de ese pez. Me
han dicho que...

—No es un pez.

El hombre del coche parpadeó un par de
veces, inseguro.

—¿Cómo?

—No es un pez —repitió el que había hablado—. Es una ballena. Un mamífero.

Hubo risas, murmullos. El hombre del coche hizo reaparecer su sonrisa y asintió con
la cabeza. Ahora sí bajó de su vehículo y se
acercó a ellos, sosteniendo sus miradas bur-
lonas.

—Soy periodista —les dijo—. He venido para hacer un reportaje.

—¿Sobre la ballena?

—Sí.

—¿Por qué?

—Es noticia, al menos lo parece. ¿Quién podría...?

El grupo de hombres ya no ofrecía una actitud desafiante ni burlona. Un periodista era un periodista. Dos se miraron entre sí, uno examinó la ropa del visitante, otro siguió centrando su atención en el automóvil. Finalmente, el que parecía más joven señaló hacia el mar Negro.

—Vaya al puerto de los pescadores —le informó.

Se lo agradeció con un ademán y regresó al coche. Se apartó de ellos rezongando algo en voz baja y se olvidó del grupo. Se orientó siguiendo la azulada línea del agua hasta, bajando por un pequeño dédalo de callejuelas, encontrarse frente a su placidez. Miró a derecha e izquierda y tomó esta última opción al ver el puerto de los pescadores al otro lado. Después pensó en aquella locura, mientras rodaba paralelamente a la costa. Los metros finales.

Ni siquiera estaba seguro de que fuese una noticia. Ni siquiera sabía si valía la pena. Por los alrededores no daba la impresión de haber nada especial, ninguna expectación, ni un leve indicio de que la historia fuese cierta, y si lo era... ¿Cómo estar seguro de que se trataba de una ballena?

Allí, en pleno mar Negro.

Esta vez sí paró el motor al llegar a la playa, descendió del coche y estiró las piernas, desperezándose. El único ser humano a la vista era un hombre sentado a unos pasos, al amparo de su barca, remendando una red. Tenía el rostro curtido por el sol y la piel horadada por el salitre; la huella del tiempo había actuado como un arado sobre la carne. Se resignó a su suerte y volvió a confiar en su instinto. Su padre solía decirle que las noticias eran como las setas: aparecían donde menos se las esperaba. ¡Ah, su padre!

—Perdone...

El hombre levantó la cabeza hacia él.

—¿Usted dirá?

—He venido a hablar de la ballena.

—¿Es suya?

Se echó a reír, sorprendido por la inocencia y sencillez de la pregunta.

—No. Soy periodista —dijo—. Quiero escribir sobre ella, y sobre ustedes.

—¿En un periódico?

—Sí.

—Ah —no se movió, sólo valoró la importancia del dato—. Entonces hable con Godar. Aydin es suya. Bueno... —hizo un gesto ambiguo con las manos, sin dejar de sujetar la red ni la aguja—, de hecho es de todos, porque la alimentamos y la cuidamos entre todos, pero Godar la encontró, y ella le quiere.

El periodista frunció el ceño. ¿Aydin? Maravilloso nombre.

*Claridad* en turco.

—¿Dónde puedo encontrar a ese tal Godar?

—Aquélla es su casa —apuntó a una construcción de una sola planta, frente a la playa—. Vaya, vaya allí.

Y fue. Apenas tres docenas de pasos le permitieron plantarse ante la puerta. Todavía no las tenía todas consigo. Miró el puerto, el mar. ¿Y la ballena? ¿Dónde la tenían encerrada? ¡Alá fuera loado! Ya empezaba a creer que después de todo el viaje, éste hubiera sido en balde.

—¿Godar?

Metió la cabeza por la puerta, apartando la cortina de color granate, muy descolorida. Cegado por la luz exterior, apenas si vio un movimiento en el interior antes de escuchar una voz.

—¿Sí, quién es?

Apareció un muchacho ante él. Iba descalzo, vestía ropas muy gastadas y llevaba un gorro en la cabeza. Le gustó su franca sonrisa, el aspecto despierto de su mirada. Parecía no haber nadie más en la casa.

—Soy periodista, me llamo Kaleb —empezó a decir.

Los ojos del muchacho se abrieron como platos.

—¿Viene por Aydin?

—Así es.

—¡Oh, bien!

—Bueno, ni siquiera sé si...

—¿Cuál es el problema? —Godar ensombreció su faz.

—¿Dónde está? —preguntó el visitante abarcando el mar con una mano.

Volvió la sonrisa al rostro del muchacho.

—Venga —dijo.

Y le tomó de un brazo, sin darle tiempo a reaccionar, porque tampoco era una petición, sino más bien una orden. Era fuerte, y lo constató cuando se detuvieron frente a una barca y la empujó, él solo, hasta el agua.

—Suba antes de que esté fuera de la playa —le indicó.

—Pero...

Le obedeció rápidamente. Subió a la barca casi a punto de ir a mojarse los pies. Se sujetó como pudo mientras Godar la llevaba hasta el agua. Luego, el muchacho hizo lo mismo, de un salto, ágilmente y sin problemas. Se sentó a los remos y dio el primer impulso. El periodista empezó a reaccionar.

—¿Quieres decir que... está ahí? —preguntó abarcando el mar por segunda vez con una mano.

Godar se echó a reír.

Y ni siquiera tuvo tiempo de responder. No había dado más que tres golpes de remo cuando, en el centro del puerto, a unos cincuenta metros por delante de la barca, las aguas se abrieron de pronto para permitir que la ballena asomara la cabeza.

Después nadó a toda velocidad hacia ellos, como un dardo plateado bajo la fina superficie del mar que silueteaba su figura en su transparencia.

—Oh, vaya... —gimió el periodista.

Su padre tenía razón.

# Capítulo seis

Sentado, con la espalda apoyada en su barca, aprovechando la suave calidez de los rayos del sol, Godar se olvidó por unos instantes de Aydin y se concentró en el grueso libro que había conseguido sacar por unas horas de la escuela, a la que ya no iba desde hacía algunos meses. El maestro se lo permitió no sin antes recordarle repetidas veces que, como le sucediera algo al libro, le arrancaría la piel a tiras.

Ni siquiera él pudo ayudarle mucho.

—Soy maestro, no experto en animales o en ecología, y mucho menos vidente —le recordó el hombre.

—¡Pero está aquí, en Gerze! —insistió él—. ¡No puede haber venido de muchas partes!

Y desde luego, así era. Le bastaba con examinar el mapa de la costa norte de Turquía y el mar Negro, que en realidad no era más que un inmenso lago con una única salida al Mediterráneo a través del Bósforo, la cual conducía al mar de Mármara y éste, por el estrecho paso de los Dardanelos, hasta el mar Egeo, que a su vez formaba parte del gran mar Mediterráneo.

Pero allí las ballenas no eran frecuentes, sino más bien insólitas.

Siguió estudiando el mapa. Turquía al Sur del mar Negro, diversas repúblicas de la extinta Unión de Repúblicas Soviéticas, como Georgia o Ucrania, al Este y el Norte, y por el Oeste naciones europeas como Bulgaria y Rumanía. Ninguno de sus ríos podía haber llevado a Aydin hasta el mar Negro, aunque se preguntó si en el pequeño mar de Azov, atrapado al Norte por la península de Crimea, sería posible semejante acontecimiento.

Buscó Gerze y lo encontró, exactamente a mitad de la larga costa, al Este del cabo Ince, su punta más alta, hundida bajo el mar Negro. No era más que un punto pequeño, muy pequeño, pero sintió un extraño orgullo al verlo. Allí, en el mapa, le bastaba con poner uno de sus dedos encima para taparlo. Pero en la realidad era distinto. Podía elevar los ojos y pasearlos por su entorno. El mundo era muy grande, inmenso, incapaz de ser visto con un centenar de vidas. Pasaba las páginas del pequeño atlas y los países, los nombres, se amontonaban ante él. Así que su única realidad, la constancia de su entorno, estaba allí, en aquel diminuto puntito de la costa norte turca: Gerze. Todos formaban parte de aquel puntito, y ahora, también, Aydin.

El libro hablaba de especies animales, de razas humanas, de aspectos geográficos, climas, temperaturas, clases de tierras y un largo etcétera. Sin embargo, en el apartado animal no encontró ni rastro de lo que insistía en buscar.

Su abuelo, que había pescado por los siete mares y los océanos de la Tierra en su juventud, y luchado también en todos ellos, le había dicho que era una ballena beluga, pero nada más. Una pequeña clase de ballena, distinta de la gris o la jorobada, la azul o la franca, el cachalote o el rorcual. Su abuelo conocía por su experiencia, y sabía aun sin entender. Sin duda un gran hombre, con el tiempo almacenado en las bolsas de sus ojos y suspendido de su mente como la uva cuelga del racimo y éste, de la vid. Pero no podía explicarle más. Conocer, ver, saber o entender formaban parte del juego de la existencia. La razón que lo unía todo era otra cosa.

Godar cerró el libro.

Y buscó la estela de Aydin en el puerto sin encontrarla.

Cada mañana, al levantarse, temía que

se hubiera marchado. Cada noche, al acostarse, temía verla por última vez. Y cuando salían a pescar hombres y barcas, casi era una fiesta. Aydin irrumpía en los bancos de peces, saltaba sobre el agua, jugaba y les hacía reír. Finalmente habían tenido que cerrarle el paso, la salida del puerto, cuando iban a pescar, y a su regreso le daban peces que ella atrapaba al vuelo. Entonces, Godar se echaba al agua, lo mismo que otros jóvenes, y jugaba con la ballena. Se subía a su lomo, le acariciaba la cabeza.

Godar sabía que Aydin le prefería a él. Lo sabía.

—¡Aydin! —llamó.

La ballena no emergió del agua. Pero le bastaría con echar la barca y dar el primer golpe de remo, para que nadara hacia él. Era como si reconociera cada quilla y el chapoteo que los distintos remos de las distintas barcas producían al entrar y salir de la superficie.

Alguien pisó la arena cerca de él, giró la cabeza y vio a su abuelo, de pie a su lado. El anciano se recostó contra la barca, evitando el esfuerzo de sentarse para tener que incorporarse de nuevo después. Lo hizo Godar, se levantó y se situó junto a Badur. Los dos dejaron que sus ojos se encontraran, para apartarse y centrarlos casi inmediatamente en el puerto pesquero.

—Godar —dijo entonces el hombre—, no tengas nunca demasiado afecto por alguien que no hable tu lengua, porque los seres libres no pertenecen a ninguna parte. El mundo entero es su casa.

Una extraña forma de decirlo.

—Aydin ni siquiera habla, abuelo.

—Exactamente, así que piensa que su instinto la hace aún más libre.

—Entonces, ¿por qué está aquí?

—No lo sé. Incluso los caminos del mar son inescrutables. ¿El azar? ¿El destino? Puede que esté perdida, puede que esté des-

cansando de un largo viaje migratorio, puede que se sienta feliz y a gusto. Pero se irá.

—¿Por qué? —quiso saber Godar con
amargura.

—Porque éste no es su lugar, y porque
no tiene sentido que se quede.

—No es cierto. ¿Es que no la ves? Se
siente bien entre nosotros, y es feliz. Cualquier animal se queda donde es feliz. No nos
tiene miedo.

—Eso es lo que me da vueltas a la cabeza —razonó Badur—. Esa ballena está habituada al trato humano. Para ella, el hombre no es extraño, sino su amigo y la mano
que le da de comer. Siendo así..., pertenecía a alguien, o a algo. Tenerla aquí es también una responsabilidad.

—Pero el pueblo ha cambiado desde que
está aquí, ¿no lo ves? Hasta vienen otras
gentes a verla. Esto es fantástico.

El anciano asintió con la cabeza, y en esta
ocasión no respondió a la última aseveración

de su nieto. Como si supiera que estaban hablando de ella, Aydin asomó en ese momento a ras de agua. Permaneció con la cabeza fuera unos segundos y nadó sobre la misma superficie en línea recta hacia donde se encontraban. Se detuvo cuando la profundidad menguó y pareció volver a mirarlos esperando algo. Ante su inmovilidad, emitió un poderoso sonido.

Godar levantó su mano.

—Mírala —le indicó a su abuelo, orgulloso—, ¿no es increíble?

—Todos los seres lo son —reconoció Badur.

Aydin dio un salto hacia atrás y desapareció de su vista.

—Se quedará —suspiró Godar suave pero firmemente—. El mar es grande, pero ésta es ahora su casa. Y todos los animales se quedan donde hay amor. ¿No es cierto, abuelo?

Badur tenía los ojos cerrados. Parecía es-

tar buscando una respuesta, o simplemente
algo situado en lo más profundo de su ser,
en el mismo corazón de sus recuerdos y su
memoria.

# Capítulo siete

Con el primer sol balanceándose por encima de la línea del horizonte, las barcas entraron en el puerto cabeceando perezosas, apagados los motores, plegadas las velas o quietos los remos. Bajo el silencio amable de aquella primera hora en la mañana, las miradas de los hombres buscaron algo en las tranquilas aguas atrapadas frente a sus ojos, escrutando arriba y abajo, contenida la respiración, con las sonrisas prestas a dibujarse en unos rostros que ya las tenían preparadas y cinceladas en su ánimo. Superada la bocana, el balanceo casi desapareció, se hizo placidez, y el conjunto de embarcaciones de todos los tamaños, calados y clases se esparció por el espejo azul como si, en lugar de navegar por él, flotaran por encima suyo.

Alguien levantó una mano.

Y en esa mano un pez hizo centellear sus escamas bajo los todavía tibios rayos del sol.

Esperaron.

De pronto, inesperadamente, lo mismo que un volcán marino en erupción, expulsada de su interior a toda velocidad, Aydin salió verticalmente debajo de la mano. Se elevó los tres metros que la separaban de su presa, y con una delicadeza asombrosa, sin siquiera tocar los dedos, atrapó el pez con su boca y cayó de nuevo al agua con una flexible maniobra llena de plasticidad en su gesto.

Sólo entonces los pescadores de Gerze rompieron su silencio. Estallaron en gritos, rieron y aplaudieron, comentaron lo que ya era habitual en los últimos días y se abrazaron ante el espectáculo que todavía les llenaba de maravilloso pasmo.

Tras ello, una docena de manos, sosteniendo una docena de peces, repitió el gesto del primer pescador que, aquel día, había tenido el honor y el orgullo de ofrecer la primera comida a su ballena.

La ballena de los pescadores de Gerze.

Godar no se lanzó al agua. No le importaba el frío de la mañana, su cuerpo estaba habituado. Tampoco lo hizo ninguno de los otros jóvenes repartidos en los distintos barcos de la pequeña flota pesquera. Habían decidido seguir unas normas. No mezclar el momento de la alimentación con el de los juegos, y no jugar con Aydin todas las horas del día. La ballena, tanto como ellos, necesitaba descansar. Además, quedaba una rutina por mantener y seguir: llevar las barcas al puerto, descargar sus capturas, preparar la venta..., el ritual de la vida que ni siquiera la presencia excitante de su nueva vecina podía alterar.

Aydin esperaba su pez. Le miraba desde el agua haciendo sus sonidos característicos. Parecía reñirle, parecía apremiarle, parecía quererle.

Godar se puso la presa entre los dientes y asomó la cabeza fuera de la borda. Hubo murmullos de admiración. Aydin subió despacio, lentamente, impulsada por sus aletas, y retiró el pez de los labios de Godar sin apenas rozarle.

Se produjo otra ovación cuando se dejó caer al agua, engullendo el pescado al mismo tiempo.

—¡Bien! —gritó Godar levantando sus dos manos al aire.

¿Tenía que ir a tierra? ¡Oh!, ¿de veras tenía que ir a tierra?

—Mira —le dijo su primo dándole unos golpecitos en el hombro.

Siguió la dirección de su brazo, apuntando a la playa. En ella vio a su abuelo, y a

otras personas, agitando las manos. Era extraño. Nunca lo hacían, a menos que estuvieran llamándole.

Y eso era precisamente lo que estaban haciendo.

—¡Godar! —escuchó sus distantes voces batidas por la algarabía de su alrededor.

Su abuelo sostenía algo entre las manos. Agudizó la vista y descubrió que se trataba de un periódico. Primero sonrió. Aydin se estaba haciendo famosa desde que aquel periodista había hablado de ella. Ahora, aquella página con su fotografía presidía la cabecera de su cama, claveteada a la pared. Aydin y él, juntos en el agua. Era una estupenda imagen.

Sin embargo...

No, no podía tratarse de algo habitual, otro reportaje, otra fotografía. No le llamarían desde la playa. No agitarían sus brazos dando urgencia a su reclamo. Sucedía algo.

Una señal de alarma se disparó en su mente.

Se sentó a los remos y su primo le secundó sin necesidad de hablar. Los dos se apartaron del grueso de barcas situado ahora casi en el centro del puerto, e iniciaron la maniobra de aproximación a la playa. Otros pescadores los imitaron, por inercia y porque el grupo que daba voces aumentaba, se hacía más y más denso, con mujeres y niños alertando las barcas de los suyos, abuelos, padres, hermanos, maridos, hijos...

Godar fue el primero en llegar. Saltó a la orilla cuando todavía la barca se hallaba en plena carrera, antes de que su quilla rozara contra la arena del fondo. Su abuelo le esperaba con el periódico entre las manos.

No le gustó lo que vio en sus ojos.

—¿Qué sucede? ¿Qué pasa? —quiso saber alarmado al detenerse frente a él.

Empezaron a hablar casi todos al mismo tiempo, y algunas mujeres, niños y niñas se apartaron para recibir a las otras barcas que se aproximaban y darles la noticia. Godar fue incapaz de escucharles. Miraba a su abuelo, que era el único que no hablaba. Las palabras le envolvían, zumbaban por su cerebro como avispas enloquecidas. Eran palabras que no comprendía, pero que le alertaban más y más.

Badur le puso el periódico en las manos.

Le costó centrarse en él, leer los titulares. Uno se refería a la próxima Olimpíada de Barcelona y hacía referencia a los atletas turcos ya preparados para competir en ella; otro debatía el habitual problema del Kurdistán; un tercero comentaba la guerra de los Balcanes.

Aydin era el tema del cuarto, el más pequeño de los artículos. El titular rezaba expresivamente: «Guerra por Aydin, la ballena de Gerze».

Levantó los ojos, incapaz de seguir leyendo.

—Abuelo...

Se encontró con su hermetismo, sus ojos profundos, su reflexiva serenidad, y entonces volvió al artículo, y reunió las suficientes fuerzas para leerlo, primero de forma rápida y convulsiva, después más sosegadamente, para permitir que las palabras penetraran en su razón.

*«Aydin, la ballena beluga macho de 500 kilos que vive tranquilamente desde hace unos días en Gerze, al cuidado de los pescadores locales, se ha convertido en un inesperado problema internacional en las últimas horas.*

*Acaba de saberse, porque los responsables así lo han anunciado, que Aydin se escapó el pasado mes de febrero de un laboratorio ucraniano del mar Negro, donde era sometida a diversos experimentos científicos que no han sido revelados. Aydin logró escapar de su encierro al romperse las redes que la retenían a causa de una tormenta. La República de*

*Ucrania ha reclamado de forma oficial al gobierno turco la devolución de su ballena a instancias del citado laboratorio, dueño legal de Aydin.*

*Pero paralelamente, grupos ecologistas del Reino Unido han iniciado una campaña en Londres para evitar que la ballena vuelva a su lugar de origen. Reclaman de las autoridades ucranianas la divulgación y la naturaleza de los experimentos científicos a que era sometida en ese laboratorio, algo que los responsables del mismo se han negado a manifestar. En Londres, estos grupos ecologistas están reuniendo dinero para ayudar a que Aydin sea liberada, dinero que, momentáneamente, servirá para la alimentación de la ballena mientras se estudia su petición de que sea liberada en el mar de Siberia, a 3.000 kilómetros de Gerze, donde las aguas no están contaminadas.*

*A todo ello, por supuesto, hay que añadir que las autoridades turcas han defendido la libre elección de Aydin para vivir en el lugar que ella misma ha esco-*

*gido, Gerze, donde los pescadores se han
unido en torno a su mascota.*

*La historia, pues, promete ser tan apa-
sionante como internacional. Tres países,
Turquía, el Reino Unido y Ucrania, lu-
chan ahora mismo por Aydin, y cada uno
representa una parte legal del caso: la pro-
piedad ucraniana, el deseo de los ecologistas británicos y la razón turca atendien-
do a lo que parece ser la voluntad de
Aydin de quedarse en sus aguas.*

*El contencioso está siendo recogido
por los medios informativos del mundo
entero, que han puesto a Gerze en el mapa
de la actualidad. La batalla no ha hecho
más que empezar, y en ella se juega el destino de Aydin, que se ha convertido también en el símbolo de una nueva clase de
libertad. ¿O es la misma de siempre, la
única libertad que todos conocemos?»*

—Abuelo... —volvió a decir Godar levantando la vista del periódico, intentando ba-
jar el nudo que acababa de albergarse en su
garganta.

Se escucharon gritos, voces airadas, el clamor de los pescadores de Gerze con la noticia esparciéndose entre ellos como una lluvia repentina y amarga.

No encontró ninguna respuesta en Badur, pero...

¿Acaso no lo era ya aquel muro de protesta levantado a su alrededor?

¿Acaso la decisión de Aydin, que era la más importante, no había sido ya tomada?

# Capítulo ocho

La plaza de la mezquita ya no era un lugar agradable y tranquilo, sino un hervidero de personas caminando de un lado a otro, esparciendo su presencia por todos los confines de Gerze. El pequeño bar de la esquina, donde se reunían casi envueltos en la discreción los hombres para tomar té caliente, estaba ahora colapsado por una muchedumbre que pedía bebidas y agitaba sus cuerpos tanto como su dinero a la espera de un turno que tardaba en llegar, dada la aglomeración. Las calles estrechas que convergían en la playa se habían convertido en ríos humanos de doble sentido, en el ir y venir casi incesante desde que se levantaba el Sol hasta su puesta.

En apenas dos semanas, los habitantes del pueblo se habían visto obligados a darle la espalda al mar, para atender el exceso de visitantes, albergarlos y saciar su interés acerca de Aydin.

Un interés por el que estaban dispuestos a pagar.

Especialmente los periodistas, los hombres de la radiodifusión y aún más los de la televisión, y no sólo turcos. Los había preferentemente estadounidenses, y también ingleses, franceses, alemanes y hasta japoneses. A cada paso se escuchaban los «clics» de las cámaras, o las voces en lenguas extranjeras que tal vez jamás habían sonado en Gerze, hablando y destacando cómo tomar un mejor plano o narrando una historia más en torno a la ballena de la discordia.

Así la llamaban: *la ballena de la discordia.*

Y todo porque tres países se la disputaban en la distancia y a través de los medios

informativos tanto como de los habituales fo-
ros internacionales.

Llegó casi a la playa, y se asustó una vez
más del número de personas reunido en ella.
Diyan había instalado un tenderete en la misma entrada, apoyado en la pared de su casa.
Ofrecía *productos marinos* a los curiosos,
a los visitantes que buscaban un recuerdo.
Los *productos* no eran otra cosa que los habituales objetos, conchas o especies extraí-
das del fondo del mar Negro. Los precios,
en cambio...

—¡Ah, Godar, qué buena cosa es el tu-
rismo! —le dijo la mujer de Diyan al verle
pasar por delante de su mostrador.

No era como en la hermosa Capadocia,
a la que un día su padre, siendo niño, le
había llevado casi en peregrinación, pero
se aproximaba. Recordaba aquel viaje por
ser el primero que había realizado en su
vida, y por el número ingente de personas
que vio en aquella tierra labrada por la na-

turaleza. Pero de la misma forma que entonces, ahora sentía miedo, de la gente, de su
presencia, de su invasora indiferencia, de
su arrogancia y su superioridad llena de
conmiserativa amabilidad. Aydin era una
celebridad; y Gerze, el punto focal de ese
destello.

Su abuelo le había dicho:

—No temas, todo pasará, como pasan las
nubes por el cielo. Cuando hay muchas y
su aspecto es plomizo, estallan y dan paso
a la lluvia que lava la tierra. Tras ella, las
nubes se van y desaparecen.

¿Cuándo desaparecerían los invasores?
¿Cuándo dejarían a Aydin en paz? Quizá,
si no se hablase tanto de ella, los ucrania-
nos no la reclamarían y los ingleses se olvi-
darían de su peregrina idea de «salvarla» y
«liberarla», tan lejos, en las aguas del mar
de Siberia. Había mirado en el libro dónde
estaba eso, y se había sentido muy abru-
mado.

Un grupo de hombres rana arrastraba una pequeña embarcación de goma negra con motor fuera borda por la arena de la playa abandonando el agua, ante la expectación y la curiosidad de la gente. Eran médicos, oceanógrafos, veterinarios, biólogos; lo mismo que antes o después serían expertos en otras materias. Cámaras submarinas, productores y realizadores de documentales filmando las escenas de la nueva vida de Aydin. En unos días, millones de personas en el mundo entero, cómodamente sentadas en las butacas y las sillas de sus casas, verían por televisión «la extraordinaria película de la no menos extraordinaria ballena beluga que había escapado de su cárcel de cristal para refugiarse entre los pescadores de Gerze».

—Los hombres consumen historias cuando las suyas no les reportan demasiado —había seguido hablando su abuelo—. Necesitan evadirse, y necesitan reír y llorar, recordar de vez en cuando que ellos también quieren huir y no pueden. Aydin es un símbolo, y un sueño. Por eso ahora la aman y se muestran interesados en su historia. Cuando ese cariño se convierta en envidia, y en indiferencia, y en olvido, todo volverá a la calma, nosotros y ella.

Los hombres devoraban la vida que los devoraba a sí mismos.

—¡Godar!

Alguien le cogió por un brazo, le retuvo, y al girar primero la cabeza y después el cuerpo, se encontró frente a una cámara de televisión, junto a una mujer de exquisita belleza que sonreía de forma equitativa, primero a él y luego al ojo circular de la cámara. Con su mano libre sostenía un micrófono en el que podían leerse las siglas de su emisora. No sabía si aquello era una grabación o una emisión en directo, así que no se atrevió a moverse.

—Ante nosotros, uno de los protagonistas de esta maravillosa aventura, sin duda uno de los personajes más buscados y deseados a lo largo de estos días en Gerze, además de la propia Aydin. Se trata de Godar, el muchacho de quince años que fue el primero en ver a la ballena y que hoy es uno de sus mejores amigos. Dime, Godar, ¿qué sentiste la primera vez ante algo tan insólito como ver aparecer una ballena aquí, en este rincón tan apartado del mundo?

¿Rincón apartado? A veces no entendía las expresiones ni los matices de los periodistas. ¿Apartado para quién? Para él, Gerze era el centro del mundo, del universo.

Trató de ser amable, respondió a las preguntas. Tampoco era difícil. En unos días las había respondido un centenar de veces, siempre las mismas. Al comienzo se sintió importante. Pero de eso hacía mucho. Ahora estaba cansado, tan cansado como aturdido.

—¿Qué opinas de esas dos mil quinien-

tas libras reunidas por los ecologistas de Gran
Bretaña y que van a servir para alimentar
a Aydin?

—Nosotros ya la alimentábamos —respondió con gravedad—. No pasaba hambre.

—Sin embargo, es una ayuda extraordinaria, prueba del interés que este caso ha
despertado. ¿No lo crees así?

—Sí, tal vez.

Quería irse, pero la mano de la mujer le
retenía. Olía bien. Era lo único agradable de
la situación.

—¿Qué harás cuando se lleven a Aydin?

Se olvidó de la cámara y la miró directa-
mente, a los ojos. Algo debió de ver ella en
los suyos, porque dejó de sujetarle y parpadeó ligeramente perpleja. Iba a repetir la pregunta ante la tardanza de Godar en responder.

—No se la llevarán —dijo de pronto el
muchacho—. Y no porque sea nuestra, sino
porque se pertenece a sí misma, es libre.

¿Por qué no la dejan en paz para que decida su futuro?

Ella arqueó las cejas. Sólo eso. Ya no le respondió. Bajó el micrófono y, dirigiéndose al hombre que sujetaba la cámara, le dijo:

—Está bien, corta. ¿Crees que servirá si la montamos de alguna forma y suprimimos el final? —agregó en un tono hastiado.

Godar se alejó de allí, tratando de pasar desapercibido hasta llegar a su casa.

# Capítulo nueve

Godar vio salir el Sol por la línea del horizonte marino y, apoyado en su barca, con la cabeza entre las manos, permaneció unos segundos en silencio, viendo el nacimiento de un nuevo día, mientras a su alrededor el veloz desplazamiento de Aydin mecía la embarcación con un suave oleaje.

Otra jornada envuelta en el suspense y la incertidumbre.

Dejó de mirar el Sol barriendo las sombras de la noche que aún se extendían a su espalda, más allá del pueblo. La razón fue que la ballena sacó la cabeza fuera del agua y se interpuso en su visión. Le lanzó una serie de sus habituales sonidos.

—Sólo me quedan tres —le dijo Godar

tras echar una ojeada al cubo del pescado—. ¿Es que siempre tienes hambre?

Aydin pareció responderle. Ni siquiera se movió.

—¿Cómo lo haces? —le preguntó el muchacho.

No esperó a que volviera a sumergirse. Alargó una mano, cogió un pescado y lo pasó al otro lado de la borda. Aydin agitó la cabeza y abrió la boca. Godar se lo llevó hasta ella.

Cuando la ballena lo hubo aprisionado entre sus fauces, desapareció suavemente, sin siquiera levantar una salpicadura.

—Eres increíble —la despidió momentáneamente Godar.

No tardaría en volver. No se iría hasta que le enseñase el cubo vacío. Era el animal más inteligente que jamás había conocido. Más aún que Jaili, el perro de Isai. Se preguntaba si todo aquello era natural, producto de su instinto, o si se lo habrían enseñado los hombres del laboratorio, al otro lado del mar Negro. Y si era así, ¿cómo?

Los hombres del laboratorio.

La ley decía que Aydin les pertenecía, que era de ellos.

Ni siquiera sabía qué ley era ésa.

No esperó a que el animal se lo pidiera. En esta ocasión, agarró el penúltimo pez y sacó la mano más allá de la amura, sin moverse, con la cabeza apoyada en el otro brazo. Mentalmente contó hasta diez.

Al llegar a siete, Aydin apareció ante él, sin hacer ruido, y le cogió el pez de los dedos.

—¿Cómo lo ves? —le preguntó—. ¿Acaso puedes olerlo desde ahí abajo?

Desde que los medios informativos habían perdido interés en el caso, la paz y la calma retornaban de forma gradual a Gerze, pero incluso así, siempre aparecía alguien: un fotógrafo, un curioso, un representante de aquí o un uniformado hombre de allá.

Hablaban y hablaban. Y a ellos les tocaba esperar. Se decía que el fin estaba próximo. La ley. Sólo la reticencia de los pescadores de Gerze y la cada día más débil del gobierno mantenían las cosas como estaban.

—Aydin —llamó Godar.

El último pescado.

Cada día, al amanecer, se levantaba en silencio, cogía la barca y salía para estar un tiempo a solas con la ballena. Ahora sus amaneceres eran así, aunque muy pronto volverían a salir a pescar, todas las barcas, igual que antes de la conmoción. La vida recuperaba lentamente su pulso en Gerze. Para ellos, el animal era ya tan familiar como el minarete de la mezquita. Uno estaba en tierra y el otro, en el mar.

Sacó la mano con el pez, pero no alargó el brazo.

De nuevo contó hasta diez, y en esta ocasión Aydin surgió frente a él al llegar a nueve. Esperó. Sus ojillos parecían mirar su comida, pero también a Godar. El muchacho apartó su otro brazo de la borda y lo llevó hasta la cabeza de la ballena.

La acarició.

—Tú quieres quedarte aquí, ¿verdad?

Le respondió. Fueron una suerte de sonidos llenos de cadencia, leves chasquidos, tonos agudos.

Decían que estaba habituada al trato humano, y que por esa razón era tan pacífica, tan cordial, tan alegre. Decían que ya había nacido prisionera, y que por la misma razón era tan amigablemente feliz con las personas.

Pero él sabía que era mucho más que eso, y que la ballena blanca era la suma de todos los prodigios de la madre naturaleza.

Le dio el último pescado.

Y en el momento en que Aydin se hundía una vez más en las aguas del puerto, tan silenciosamente como las otras ocasiones, Godar escuchó su nombre, marcado por la urgencia y batido por un nervioso tono de desesperación. Su nombre repetido una y otra vez.

Miró hacia la orilla. Reconoció a su primo Takshir, dando saltos, agitando los brazos, reclamando su atención. Eran tan fuertes sus gritos y el imperioso corte de su voz, que por las puertas de las casas empezaron a salir sus habitantes, probablemente ya despiertos o a punto de hacerlo como cada día al alba. Pero Takshir sólo le hablaba a él.

—¡Vienen a por ella! ¡Lo han dicho por la radio! ¡Se llevan a Aydin, Godar! ¡Se la llevan hoy!

Se puso en pie, mientras las palabras iban penetrando despacio, una a una, por los vericuetos colapsados de su cerebro, reclamando una atención que se desvanecía al mismo tiempo que su fuerza y su valor. Takshir continuó hablándole a gritos desde la orilla, pero él ya no le escuchó. Sostenido por sus piernas firmemente sujetas al fondo de la bamboleante barca, miró el agua y, como si su mente ya fuese una con la de Aydin, la ballena emergió de nuevo frente a él.

La verdad se hizo presencia en la razón de Godar.

—Vete..., ¡vete! —le dijo al animal—. Se acabó, ¿entiendes? ¡Has de irte! ¡Si quieres ser libre, has de irte! ¡Vete, Aydin!

La ballena blanca volvió a responderle.

—¡No hay más pescado! ¿Lo ves? —se agachó, cogió el cubo vacío y se lo enseñó—. ¡Ya no lo habrá más! ¡Vete!

Jamás creyó que pudiera hacerlo, pero le arrojó el cubo. La ballena lo esquivó fácilmente. Tras ello dio un salto.

—¡No es un juego! —se sintió desesperado.

La tensión emocional, mantenida casi en estado larvado a lo largo de los últimos días, estallaba finalmente, y le arrastraba con ella.

—¡No es un juego! ¿Es que no lo ves?

Escapa, Aydin, mira ese mar..., ¡míralo! ¡Es tuyo! Por favor...

La ballena se sumergió. Apenas si permaneció cinco segundos fuera de su vista. Salió majestuosa, como una flecha blanca apuntando al cielo antes de doblarse ligeramente y volver a caer al agua. La desesperación se agolpó en los ojos de Godar en forma de lágrimas. Cogió uno de los remos y lo separó de la argolla que lo mantenía junto a la barca. Después lo levantó con todas sus fuerzas intentando golpear al animal.

Aydin saltó una vez más, lanzó un agudo sonido, provocó una inmensa ola al caer al agua. Godar ya no pudo levantar por segunda vez el remo.

—No es un juego... —repitió muy débilmente—. Maldita testaruda... No es un juego... Vete, Aydin. Vete y sé libre...

Le cayó una súbita lluvia encima cuando la cola de la ballena azotó el agua igual que una mano.

Y aunque con pesar, tuvo que sonreír. Después de todo, aquél era uno de sus mejores trucos.

# Capítulo diez

Creía estar solo, acompañado por el silencio de la casa, cuando la cortina de la puerta de su habitación se apartó y por su hueco apareció la cabeza de su abuelo.

Quiso rehuir su mirada, pero los ojos del hombre tenían una lúcida intensidad, un intenso fuego frío que le capturó el alma y se la desnudó, dejándole desguarnecido y sin defensas. Bajo la atormentada calma, los segundos desfilaron igual que fantasmas en una noche sin Luna, dejando a su paso un rastro de emociones.

—Deberías ir —dijo finalmente Badur.

Se tomó un poco de tiempo antes de formular la esperada pregunta, cuya respuesta ya conocía, pero quería escucharla de sus labios.

—¿Por qué?

—Porque ella así lo querría, porque es un ser vivo y, aun en su pequeño cerebro, tiene memoria y tú estás en ella; y porque lo necesitas.

—¿Lo necesito? —se extrañó Godar.

—Los amigos necesitan decirse *hasta pronto* para creer en el reencuentro.

—¡Nunca volveremos a verla, abuelo!

—Tal vez no, tal vez sí —dijo el hombre—. Sólo el destino lo sabe. Pero la esperanza es lo que nos hace fuertes, lo que nos permite seguir siempre hasta el final.

No tenía escapatoria y lo sabía. En el fondo se sintió aliviado. ¿Quién no necesita un empujón? Era como si la decisión no fuese suya, y eliminada la responsabilidad, sólo le quedase obedecer, aceptar la inevitable fatalidad.

En el fondo quería verla por última vez.

Se levantó del rincón en el que estaba sentado y cubrió la escasa distancia que le separaba de su abuelo con tres cansinos pasos, la cabeza gacha, arrastrando los pies. Badur le pasó un brazo por encima de los hombros y le empujó suavemente hacia fuera. No había nadie en la playa, ni vieron a nadie en el trayecto hasta el puerto principal. De pronto, al doblar la última esquina, se encontraron con los hombres y mujeres de Gerze, congregados allí, todos, bajo un especial silencio que los mantenía unidos y con el que compartían su pesar.

El barco estaba fondeado en la zona de más calado, con las trampillas de la bodega abiertas al sol de la tarde y los marinos asomados a su borda presenciando la operación. En tierra, una grúa esperaba finalmente a que Aydin estuviese acomodada fuera del agua, en una lona sujeta por los cuatro extremos al cable con el que sería izada. Los hombres venidos del laboratorio

ucraniano ultimaban los detalles, asegura-
ban que nada fallase. Uno incluso mojaba
a la ballena constantemente, aunque no
era necesario, porque podía pasar perfecta-
mente unos minutos fuera de su elemento
natural.

Verla allí, tan quieta, tan inmóvil, y posiblemente tan asustada, sobrecogió el corazón de Godar.

—Abuelo...

Hizo ademán de detenerse, pero él se lo
impidió. Algunos de los rostros reunidos en
la tristeza ya miraban en su dirección. Aydin
era de todos, les pertenecía a todos, formaba ya parte de sus vidas, pero sabían que
Godar era algo más.

Y lo supieron cuando la ballena le vio y
le habló.

Una retahíla de ruidos, sonidos y curiosos gemidos surgió de su interior. La cola se
agitó una vez, una sola vez. Godar deseó correr hacia su amiga.

—No dejes que ella te vea llorar —le dijo su abuelo.

Dio el primer paso. El silencio era ahora tan denso que hasta los hombres presenciaron la escena con algo de sorpresa y un mucho de expectación. La forma oscura del barco, con la bodega convenientemente llena de agua hasta una medida suficiente para permitir el viaje de Aydin, se convertía en un dragón mitológico, protagonista del mal. Y los mismos hombres se apartaron a su paso, vencidos por una irresistible fuerza, cuando Godar llegó junto a la hermosa ballena blanca.

De nuevo los sonidos, la voz de Aydin.

Godar levantó una mano y, muy despacio, le acarició la cabeza, el extremo pronunciado de su hocico.

Después la abrazó.

—Te quiero, Aydin.

¿Le entendía? ¿Podía percibir sus sentimientos? Estaba seguro de que sí. Los sonidos que ahora emitió la ballena fueron más quedos, como si le hablara sólo a él. Llenaron de murmullos el puerto de Gerze.

Alguien puso una mano en el hombro de Godar, y luego le apartó con suave firmeza. Cuando el muchacho giró la cabeza, vio a su abuelo.

—¡Vamos! —se escuchó una voz rotunda rompiendo por fin la calma.

El resto fue ya casi inmediato, mucho más rápido. Los cuatro extremos que sujetaban la lona se tensaron, y el cable tiró de ellos hasta elevar a Aydin poco a poco del suelo. El hombre que conducía la grúa operó con precaución para no asustar a la ballena y para cuidar de que nada malo le sucediera a la preciada carga, el curioso objeto de un litigio internacional que ahora regresaba a... ¿a su casa?

Godar aguantó las lágrimas, apretó los puños.

Y sólo cuando su amiga desapareció de

su vista y fue depositada en la bodega del
barco, dispuesta para llevar a cabo el breve
viaje hasta el laboratorio de Ucrania, rompió a llorar, abrazado a su abuelo, lo mismo
que la inmensa mayoría de los habitantes de
Gerze.

# Capítulo once

Todo parecía haber sido un sueño.

Y, sin embargo, era real, porque los sueños son recuerdos sin huella, mientras que Aydin estaba viva en su memoria, y tan presente pese a su ausencia como aquel mar que bañaba las dos orillas en las que vivían y sus pieles al mismo tiempo.

Al día siguiente, y a la semana siguiente, y al mes siguiente, los pescadores de Gerze aún miraban el agua esperando ver aparecer en alguna parte del puerto la cabeza de la ballena blanca, o su silueta nadando veloz a ras de agua, o su estela en la calma, hasta el centelleo inmaculado de uno de sus poderosos saltos. Esperaban y esperaron, hasta que el tiempo se llevó sus ilusiones, como el barco se la había llevado a ella. Y con la vuelta a lo cotidiano, sus esperanzas se hicieron tan pequeñas como sus sonrisas al evocarla con nostalgia.

También el mundo se había olvidado de Gerze.

Otras noticias, otras causas por las que interesarse o luchar, otros lugares a los que acudir.

Sólo a veces, Godar, cogiendo un periódico, escuchando la radio o viendo la televisión, preguntaba y se preguntaba:

—¿Alguna noticia?

La respuesta era inútil. Allá donde estuviese Aydin, allá donde se hallase el laboratorio, un muro de silencio la apartaba del mundo. Nadie, ni los grupos ecologistas, se interesaba ya por la naturaleza de las pruebas y experimentos a los que pudieran someterla. Por contra, en Gerze el tema todavía corría de boca en boca en ocasiones cada vez más distantes, para no llamar a la tristeza a donde no había sido invitada ni se la necesitaba.

—¿Dónde estará?

—¿Qué le harán?

—¿Nos echará de menos?

En su barca, solitario como tantas veces, Godar rozaba el agua con la palma de su mano. La acariciaba como si acariciase a la ballena, y miraba en dirección al mar Negro, en línea recta y más allá de Sinop y el cabo Ince. A fin de cuentas, Ucrania estaba al otro lado de su superficie, tan cerca y tan lejos. Trescientos kilómetros en línea recta hasta la península de Crimea. La misma distancia que separaba Gerze de Ankara.

Amaba tanto el mar, su mar Negro, que ahora le dolía sentir que lo odiaba, porque representaba al mismo tiempo distancia y frontera.

Finalmente, los amaneceres fueron amontonándose en la brevedad de ese tiempo y su pasado, y con ellos las mañanas y las tardes, los anocheceres y las noches. El verano y la pesca. El otoño y la pesca. El invierno y la pesca. Sólo tiempo y nada más, ¿o quizá sí?

La cabeza de Godar jamás había estado tan llena de emociones, ni había comprendido tanto cuanto era y tenía, cuanto le rodeaba y representaba. Su madre, el padre perdido, Badur.

Las manos arrugadas de su abuelo hablándole sin palabras.

Los ojos invadidos de ternura mirándole con el asombro con que los ancianos contemplan la vida.

Godar había cambiado, todavía más que los pescadores de Gerze.

—Ya eres un hombre.

—Me siento todavía un niño.

—No te avergüences de tener sentimientos. Sé un niño con ellos, no un hombre sin ellos.

—Nos echará de menos, ¿verdad, abuelo?

—Aquí descubrió el infinito, y conoció la libertad que nunca olvidará. Claro que nos echará de menos.

—Entonces, ojalá pudiera olvidarnos.

—¿Quieres olvidar tú, Godar?

—No, abuelo.

—Alá tampoco olvida.

Tal vez.

Godar luchaba contra sí mismo, entre el placer de saber y sufrir por ello y la inmovilidad hueca de quienes no ven, ni oyen ni saben nada. ¿Era mejor juzgar una injusticia o desconocerla?

El tiempo, poco a poco, le permitió volver a sonreír.

Aún no tenía respuestas, pero al menos ya sabía las preguntas.

# Capítulo doce

Un año.
     Fue la primavera la que trajo de nuevo el recuerdo, y con él los pescadores de Gerze escucharon la dulce llamada de sus corazones.

Aydin seguía con ellos.

Un año.

Sólo tiempo. Quizá.

Las fotografías, las páginas de los periódicos y las revistas, la memoria viva del pasado que presidía la habitación de Godar... eran casi un espejo en el que mirarse y asomarse a sí mismo. Allí estaba él, con Aydin, en el agua, sonriendo, tocándola, dándole un pescado. Y allí estaba especialmente ella, con su silueta blanca recortada en las azules aguas del puerto, o asomando la cabeza para reclamar un pez, o saltando por encima de la superficie líquida para convertirse en pájaro por espacio de unos instantes.

A Godar aún le resultaba asombroso que aquellas mismas fotografías hubieran sido vistas en el mundo entero por personas blancas y negras, ricas y pobres, musulmanas o católicas. ¿Significaba aquello que en realidad todo era muy pequeño? Probablemente sí. Aydin había puesto el dedo de la libertad en la llaga de la especie humana. Y no estaba sola. ¿Cuántas *Aydines* existían? Una causa minoritaria era sólo un golpecito en la gran causa de la supervivencia, pero algún día el último golpecito desmoronaría la intransigencia. Tal vez fuese un suave roce. Animales aniquilados por el egoísmo, bosques calcinados por la ignorancia, naturaleza muerta en aras del progreso, guerras levantadas por la intolerancia. Y en medio las

voces de las *Aydines,* las de todos y todas que hubieran deseado tan sólo un poco de lo que su Aydin había logrado y había conocido con su escapada. Ésa era la clave.

Intentarlo.

Siempre intentarlo para descubrir que se está vivo.

Ahora sabía que Aydin era un ejemplo, y que durante aquel año, en lugares distantes y desconocidos entre sí, muchas personas la habían recordado, y la recordarían.

No hay redes lo bastante fuertes, ni muros suficientemente eternos, ni montañas tan altas que no puedan ser rotas, derribados o escaladas.

Godar se miró en el espejo. La pelusilla que cubría su labio superior, los rasgos más angulosos de su rostro, el estirón de sus huesos, la fortaleza acusada de sus músculos, incluso la forma en que ya le miraba la dulce Ashi... La primavera siempre hablaba de vida en su silencioso canto. Aunque la tris-

teza fuese una pátina indeleble unida también para siempre a su memoria.

—¿Godar?

—Sí, abuelo, ya voy.

Le esperaban la barca, el mar, lo cotidiano.

Un gramo de valor y una sonrisa ayuda-
ban una y otra vez a dar el primer paso.

# Capítulo trece

Al otro lado del mar Negro, como ya era habitual en aquellos meses pasados, Aydin se detuvo frente a la red que unía los dos cabos rocosos de su laguna natural. Más de un año antes, su instinto le preguntaba qué habría más allá de esa barrera.

Ahora lo sabía.

Y en su pequeño cerebro, esa diferencia era una tortura. En él crepitaban escenas, voces, sensaciones, imágenes no tan lejanas, y todo ello bañado por las mismas aguas y coronado por el mismo cielo azul tachonado de nubes que pasaban libres por encima de su cabeza, volando con las alas de su magia.

Aquella vez había nadado en línea recta.

Aquella vez...

Tocó la red con la punta de su hocico. Luego lo introdujo por uno de los huecos reticulares formados por las cuerdas entrelazadas y los nudos. Su cola le dio un súbito impulso, fuerte, inquieto.

La red se agitó, como ella, nada más.

Retrocedió y nadó por enésima vez en círculo alrededor de la laguna; pasaba alternativamente por delante de los edificios, el muelle, el laboratorio, el ventanal submarino desde el cual la observaban, las rocas y de nuevo la red. Una vuelta. Y otra.

¿Qué le sucedía? Su sangre caliente ardía en su cuerpo, y ese ardor era la quemazón que descargaba sucesivas oleadas de presión a su cerebro y su sistema nervioso, una serie de vibrantes ramalazos de energía que la hacían agitarse en el agua igual que un remolino, nadar casi temerariamente, inquieta.

Ya nada era lo mismo.

No sabía la razón, no podía explicarlo, no lo entendía, pero ya nada era lo mismo. Los peces de aquellos otros humanos tenían un sabor más dulce; sus manos, un tacto distinto; sus voces, otro timbre; sus rostros, otra luz; y sus sonrisas, otra música. Y lo más importante, al otro lado del mar no había redes, nadar era hermoso, tanto como ver los fondos marinos descubiertos en su escapada, los caminos por los que había transitado y que no conseguía olvidar. Para ella eran tan claros como el día o la noche, la luz y las sombras.

La red, tan frágil y tan fuerte, tan transparente y tan hermética.

Emitió un largo e irritado chillido.

Aydin estaba enfadada.

Algo le sucedía y no entendía el motivo, pero tenía que ver con el otro lado. Fuese lo que fuese, la respuesta estaba allí. O en sí misma.

Llegó al extremo opuesto de la laguna, a la izquierda del ventanal de observación, ahora vacío de humanos, y repentinamente su cola la lanzó hacia adelante, batiendo el agua a la máxima velocidad y con el mayor impulso de sus aletas. No era una gran distancia, pero su fuerza la proyectó contra la red como un dardo animado. Bastaron tres segundos.

Su cabeza se estrelló contra la red, notó cómo cedía, ligeramente, pero no más allá de un breve margen, y desde luego insuficiente para otra cosa que no fuera sentir la burla de su impotencia. Ni siquiera sintió dolor por el impacto o el roce sangrante de las gruesas cuerdas y los nudos. Mayor fue la herida de su orgullo.

Aydin se retiró, abrió la boca, gimió vencida, pero no derrotada.

Luego empezó a nadar de nuevo.

Círculos. Círculos eternos en su cárcel. Círculos constantes y repetidos viendo siempre el mismo fondo, las mismas rocas, y sintiendo siempre las mismas sensaciones, cada vez más fuertes desde su aventura más allá de la red. Su obsesión.

¿Por qué?

Ni siquiera entendía que aquello era una pregunta de su razón.

Conocía ya dos mundos, y prefería el otro. Conocía ya dos destinos, y anhelaba el opuesto. Conocía otros amigos, en libertad, y deseaba estar con ellos. Ignoraba palabras como *primavera* o *amor,* pero las sentía en su sangre.

Tampoco conocía la palabra *resignación.* Su instinto se lo impedía.

Sacó la cabeza fuera del agua. La red subía unos dos metros por encima de su nivel. Aydin agitó las aletas, flotando un poco más de lo habitual. Sus ojillos parecieron calcular la distancia, el empuje, la velocidad, y calibrar su peso, las posibilidades, aquello que finalmente su instinto acababa de disparar en su ánimo.

Volvió a nadar. Una vuelta. Sacó la cabeza y repitió su estudio. Otra vuelta. Otro examen. Lanzó un prolongado sonido mitad de rabia, mitad de valor.

Y regresó al extremo de la laguna.

Esta vez tardó en moverse, esperó, y cuando reanudó sus vueltas en círculos, lo hizo aumentando su velocidad gradualmente, más y más, pasando por delante de la red sin mirarla, recordando tan sólo el exterior, la altura, la distancia. A cada vuelta el ritmo era mayor. A cada vuelta el vértigo de su nadar, más fulminante. A cada vuelta su impulso liberaba una nueva energía.

Hasta que, de pronto, al llegar a la izquierda del ventanal, cambió súbitamente su curso y enfiló de forma directa el camino de la red.

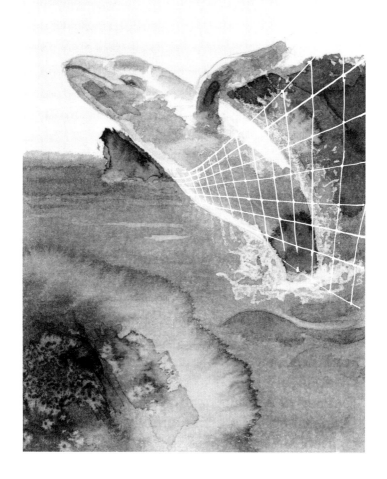

Un segundo, dos...

Saltó en el instante preciso, fuera del agua, desde el fondo y hacia arriba, y voló libre como otras veces, en lo que para ella fue un largo viaje hacia la duda. Su cola todavía se agitó más, batiendo el aire en su deseo de avanzar unos centímetros que podían ser la diferencia entre el éxito y el fracaso. Su cuerpo se dobló, elástico. Quiso dejar de tener peso, y por un instante casi lo logró, o creyó que así era. Sintió cómo flotaba.

Cayó sobre la red, notó el golpe, la herida en su vientre, el dolor, y quedó basculando, con la mitad de su cuerpo fuera, en el mundo exterior, y la otra mitad dentro, en su cárcel.

Un simple balanceo.

Aydin dejó caer la cabeza hacia adelante, la cola quieta, y lentamente, tan despacio como un anochecer, su cuerpo siguió ese último impulso.

Cuando penetró de nuevo en el agua, se olvidó del dolor y la herida.

Y emitiendo un grito de victoria, empezó a nadar en línea recta.

Libre.

# Capítulo catorce

Los pescadores de Gerze echaron sus barcas al agua, subieron a ellas, tomaron sus remos y, renunciando aún a sus motores aquellas que los tenían, para no contaminar el puerto, se adentraron en su placidez, iniciando el viejo ciclo frente al anochecer, el camino de la pesca repetido como herencia de sus ancestros y posiblemente seguido por sus hijos, y los hijos de sus hijos, y los hijos de los hijos de sus hijos, hasta...

En la orilla, esos hijos, los más pequeños, los contemplaron con envidia.

Todavía era de día y ya había estrellas en sus ojos.

La noche sería clara, una hermosa noche de luna llena en la que poder coger los peces casi con la mano. Una extraña quietud presidía el ambiente, una calma que en modo alguno guardaba paralelismo con la primavera que les llenaba, especialmente a los más jóvenes, como Godar. O quizá, muy especialmente a él.

Su madre opinaba que crecía demasiado rápido, y que la sangre ya no le cabía en el cuerpo, ni tenía suficiente espacio para correr. Luego se echaba a reír, arrastrando con ella la sonrisa apenas perceptible del abuelo.

Su madre era una astuta mujer.

Godar iba solo en su barca, porque ella era su orgullo y él, su capitán. Remaba en la primera fila, superando las barcas ocupadas por dos o tres y más hombres. Fuera de la bocana del puerto se dividirían, porque esa noche así se había acordado. Las embarcaciones más grandes se adentrarían hacia los caladeros del Oeste del cabo Ince, y las más pequeñas, sin motores fuera borda,

como la suya, harían capturas a menos de
una milla marina, suficiente para sus brazos,
frente a las luces que formaban el triángulo
entre Sinop, Gerze y Dikmen, las poblacio-
nes occidentales de la larga media luna di-
bujada entre el cabo Ince y el bello cabo
Bafra, en cuyo extremo desembocaba el Ki-
zilirmak. Para él esas luces eran como las
mismas estrellas de la noche, reconocibles
y familiares. Podía verlas desde la distancia
y saber que estaba en casa.

Iba a doblar la bocana, el espigón que
rompía las aguas y protegía el puerto de Gerze, cuando algo pasó muy cerca de su barca, tanto que sintió el roce en la quilla, lo
que produjo un bamboleo a derecha e izquierda. Se asomó por la borda, primero a
un lado, luego al otro, sin ver nada salvo el
estremecimiento sutil de la superficie marina, pero el recuerdo de movimientos pare-
cidos, tiempo atrás, le provocó la aceleración
de los latidos de su corazón.

¿Cómo olvidar? Sus ojos atravesaron el agua llevando con esa mirada una ilusión envuelta en un tenue canto de esperanza.

¿Era un reflejo inquietante o, a menos de quince metros, bajo la primera sombra del anochecer, una forma blanca se movía a endiablada velocidad bajo el agua?

¿Volvía a soñar, como tantas noches, en las que el despertar era después la burla de sus deseos?

—¡Godar!

No respondió, ni se movió. Sus ojos siguieron aquella estela que acabó desapareciendo en las profundidades.

—¿Qué te sucede? ¡Rema! ¡Estás en mi camino!

—¿Lo habéis visto? —gritó él.

—¿Qué es lo que teníamos que haber visto?

No tenía sentido decirlo y, sin embargo, algo le estaba produciendo escalofríos, le erizaba el vello de brazos y piernas. A veces su abuelo le decía que se fiara siempre de su instinto.

Sacó una mano fuera del agua.

Y esperó.

Uno, dos, tres segundos. Cuatro, cinco, seis segundos. Siete, ocho, nueve...

La cabeza de Aydin asomó fuera del agua, y en realidad Godar no supo si le lanzaba aquella larga retahíla de sonidos feliz por verle o enfadada porque en esa mano no había ningún pescado.

—Aydin... —susurró boquiabierto.

Tenía que ser un sueño, naturalmente. Uno más.

Las voces de los pescadores de Gerze, rompiendo la calma, le demostraron que no era así.

—¡Aydin!

—¡Es Aydin!

—¡Ha vuelto!

—¡Es ella!

—¡Aydin!

Y fueron más que voces, y más que una alegría colectiva, y más que el estallido de una emoción. Fue como si una catarsis de locura les llenara y disparara un castillo de fuegos artificiales en forma de manos levantadas, gorras arrojadas al aire, remos elevados en vertical sobre sus cabezas y gritos, sirenas ululantes.

Aydin...

La ballena blanca se sumergió, desapareció de la superficie del agua, pero esta vez fueron menos de cinco segundos. Volvió a emerger, dando uno de sus grandes saltos, atravesando el aire en una flexible pirueta, pasando tan cerca de la barca de Godar que ésta estuvo a punto de zozobrar, como aquella vez, la primera vez.

El muchacho no cayó al agua, se lanzó de cabeza.

Y allí, en aquel mundo de silencios, adonde no llegaban más sensaciones del exterior que las luces y las sombras, su garganta emi-

tió un grito, pronunció un nombre, un sonido roto por la falta de aire pero que, sin embargo, estaba vivo, muy vivo, tan vivo como
el conjunto de sus sentimientos.

Cuando abrazó a Aydin, Godar supo que
a veces la vida era tan hermosa como...

Bueno, seguramente más, mucho más.

# Epílogo

Aydin se escapó por primera vez del laboratorio del mar Negro donde permanecía encerrada en febrero de 1992.

Pese a los esfuerzos de los pescadores de Gerze para que la dejaran quedarse con ellos y los de los ecologistas británicos, reclamando su libertad, fue devuelta a sus propietarios por imposición legal, no sin antes ser noticia en el mundo entero.

Una nueva forma de gritar a ese mundo que la libertad es un derecho de todo ser vivo nació con ella.

Y Aydin se convirtió en un símbolo.

Un año después, en la primavera de 1993, la ballena blanca volvió a escaparse y regresó con los pescadores de Gerze. Volvió a casa.

Ese mundo, que ya había empezado a olvidarla, recordó de nuevo algo que unos, por comodidad, se empeñan en ignorar, y otros, por imposición, no tienen.

Ninguna cadena puede impedir la voluntad de ser libre ni la libertad del corazón, los sentimientos y el amor por la vida. Ninguna red o muro ha resistido jamás tanto como la voluntad de romperla o derribarlo.

Pero se siguen levantando muros, poniendo redes, marcando líneas en los mapas.

Por suerte, todos somos Aydin.

Jordi Sierra i Fabra

# AYDIN SE ESCAPA OTRA VEZ Y VUELVE A TURQUÍA

Gerze. - Aydin, una ballena beluga que el año pasado se escapó de un laboratorio ucraniano en el mar Negro y llegó a las costas de Turquía, se ha vuelto a escapar. Y Aydin, recordando el buen trato que le dispensaron los pescadores de Gerze, ha regresado con sus amigos.

El Periódico, abril 1993

# AYDIN

**Autor:**

Jordi Sierra i Fabra nació en Barcelona. Inició estudios de Arquitectura, pero su verdadera vocación le llevó al mundo de la música y de la literatura. Ha dirigido programas de radio y revistas de crítica musical. Asimismo, es autor de la enciclopedia *Historia de la música rock* y de varias obras de literatura infantil y juvenil, con las que ha obtenido varios premios.

# COLECCIÓN TUCÁN

## Serie Roja (+12)